Petite Collection rose

PAUL ARÈNE

Contes de Provence

PARIS
LEMERRE

Contes de Provence

PAUL ARÈNE

Contes
de Provence

PARIS
LEMERRE

PAUL ARÈNE
(1843-1896)

Paul-Auguste Arène est né en 1843 à Sisteron au milieu des montagnes parfumées de cette Provence, à laquelle ses vers et sa prose devaient à jamais rester fidèles. Après un court passage dans l'Université, il débute à l'Odéon par un acte en vers, Pierrot héritier (1865). Tout Paris fait fête aussitôt au jeune provincial. A vingt-deux ans par sa prose fluide et colorée, d'une grâce attique et comme embaumée des senteurs du pays natal, il se place au premier rang des écrivains. En 1870 il donne un de ses chefs-d'œuvre, Jean des

Figues, *puis les* Comédiens errants *(1873),*
le Duel aux lanternes, *dont la virtuosité
est étourdissante,* et l'Ilote *deux ans plus
tard* à la Comédie Française. *Dans la
chronique, dans la fantaisie, dans la nouvelle, au théâtre, partout se multiplie son
clair et spirituel génie de latin.* En 1878,
c'est le Prologue sans le savoir, *l'année
suivante,* la Vraie Tentation de Saint-An-
toine, *puis ses* Contes de Noël *et ses*
Contes de Paris et de Provence, *tendres
ou ironiques et toujours exquis,* la Chèvre
d'or *enfin en 1889 et en 1894 un autre
roman,* Domnine.

Quand il mourut en 1896 à Antibes, où
il était allé revoir le soleil de la Provence
pour en emporter la dernière image sous
ses paupières closes, la littérature contem-
poraine perdait en lui un de ses maîtres.

Le Fifre rouge

« Hé ! petit fifre, que fais-tu là ? cria le sergent La Ramée qui s'en allait à la ville voisine querir la fricassée d'un porc, pour le réveillon du colonel.

— Voici ce que c'est, monsieur le sergent, répondit le petit fifre : Sa Majesté le Roi se trouvant dans un besoin pressant d'argent et désirant offrir un château tout neuf en étrennes à sa nouvelle reine, il a été décidé par la

Cour des comptes que le régiment,
musiciens et soldats, ne toucheraient
pas encore de solde ce mois-ci. Alors,
comme mère-grand est pauvre et que je
n'avais pas un liard en poche pour lui
acheter son dinde à Noël, je suis venu
jusqu'à la courtine casser la glace du
fossé et voir s'il n'y aurait pas moyen
de pêcher un plat de grenouilles.

— Compte là-dessus! dit La Ramée.
En hiver, les grenouilles dorment.

— Je le sais bien, répondit le petit
fifre, mais le ciel est bleu, malgré la
gelée; peut-être que ce beau soleil les
réveillera! »

Et tandis que le sergent La Ramée
reprenait sa route en grommelant, le
petit fifre, avec courage, se remit à
casser la glace.

Ce petit fifre, qui aimait tant sa
mère-grand, était bien le plus joli petit
fifre que l'on pût rencontrer. Pas plus
haut qu'une botte et vêtu de rouge, du
tricorne aux guêtres, comme tout le

monde au régiment, il avait si bonne grâce, avec ses yeux bleus et ses cadenettes, à siffler des airs, en marquant le pas, devant les hallebardiers barbus, que pour le voir passer, dans les entrées de ville, les dames aux fenêtres oubliaient de regarder le tambour-major.

Presque autant qu'aux rythmes guerriers, le fifre s'entendait à la pêche aux grenouilles. Aussi quand la glace fut percée, le trou déblayé et qu'un joli rond clair apparut, le fifre eut-il bientôt fait d'improviser sa ligne avec un peu de fil qu'il avait apporté et un roseau sec qu'il coupa. L'appât seul manquait au bout du fil. D'ordinaire, notre pêcheur ne s'en inquiétait guère, se servant pour cela du premier coquelicot venu, car les grenouilles sont goulues au point que tout objet rouge les attire. Mais les coquelicots ne fleurissent pas sous la neige et vainement il en chercha quelqu'un d'attardé, le long des glacis, dans l'herbe transie.

Il allait partir, fort ennuyé, quand précisément, au-dessus de l'eau, une grenouille leva la tête. Paresseuse, comme endormie, elle posa ses pattes de devant sur les bords, ouvrit l'un après l'autre ses jolis yeux d'or au soleil, puis gonfla doucement sa gorge blanche, et poussa un léger *coax* auquel, par-dessous la glace, dans toute l'étendue des fossés gelés aussi vastes qu'un grand étang, d'autres *coax* lointains répondirent.

« Ce doit être la mère des grenouilles, se dit le petit fifre, qui n'avait jamais vu une grenouille si grosse ; quelle occasion et quel dommage de la laisser échapper ainsi ! »

Tout à coup il eut une inspiration :

« Si je prenais, en guise d'appât, la patte qui serre mon haut-de-chausses ? Elle est en beau drap rouge d'ordonnance, et certes ! les grenouilles y mordraient. »

Aussitôt dit, aussitôt fait ; et la patte

en drap rouge d'ordonnance se met à
danser sur l'eau claire, qu'égayait un
joyeux rayon, devant le nez de la grenouille. La grenouille mord, le pêcheur
tire; le fil casse, et la grenouille plonge,
emportant le drap. Par bonheur, la
patte était double : on pouvait hasarder
la seconde moitié. La grenouille repa-
raît sur l'eau, mord encore, le fil casse
encore, et la seconde moitié va rejoin-
dre la première.

« Bah ! songea le pêcheur, quel
mal y aurait-il à couper un tout petit
morceau de ceinture ? Personne ne
viendra regarder sous les basques de
mon justaucorps. »

Et, tirant son couteau, il coupa un
petit morceau de ceinture que la grenouille, hélas ! emporta comme les
autres, et puis encore un, et puis un
encore plus bas ; puis il entama le gras
des chausses, tant qu'à la fin, la nuit
arrivant, il s'aperçut que sa chemise
flottait et que l'énorme échancrure petit

à petit faite au drap laissait largement passer la bise.

Le sergent La Ramée, qui revenait par là avec une charge de victuailles, trouva le malheureux petit fifre assis sur son derrière et pleurant.

« Qui est-ce qui m'a fichu un soldat qui pleure ? »

Pour toute réponse, hélas ! le petit fifre se dressa et se retourna.

« Mauvaise affaire ! murmura le vieux La Ramée, après avoir longuement considéré le corps du délit : détérioration d'effets d'équipement et d'habillement fournis par le gouvernement, c'est un cas de conseil de guerre ! »

Puis, ces mots prononcés, il s'en alla en reniflant les poils de sa moustache.

Le petit fifre pleura plus fort. Il se voyait déjà arrêté quand il passerait le pont-levis, mis dans un cachot noir, amené, entre deux gendarmes, devant ses juges. Vainement il essayait de les attendrir, disant :

« Ce n'était pas pour moi, c'était pour apporter un plat de grenouilles à grand'mère, qui est vieille et pauvre et n'a pas de quoi faire son réveillon. ».

Le Code militaire restait inflexible. On le dégradait, on lui brisait son fifre et sa petite épée, on le conduisait dans une prairie où, deux mois auparavant, il avait défilé avec la garnison, musique en tête, devant un conscrit fusillé... Alors, songeant à sa grand'mère, transi par le froid, la tête perdue, il eut comme l'envie de mourir tout de suite et se laissa glisser sur le sol gelé vers le trou d'eau noire où déjà des étoiles luisaient...

Dans quel merveilleux paysage le petit fifre se trouva ! A perte de vue les voûtes de glace laissaient filtrer une lumière blanche et douce ; et de longues herbes vêtues de cristal, montant du fond en fines colonnettes, puis s'emmê-lant aux mousses des bords toutes fran-gées de barbes d'argent, formaient mille promenoirs à jour et des architectures brodées les plus magnifiques du monde. A droite, à gauche, le long des berges, dans les petites grottes, — trous de rats aquatiques ou d'écrevisses, que font sous l'eau les racines et la terre éboulée, — des grenouilles de toute espèce, en nombre innombrable, dormaient. Il en remplissait d'immenses paniers qu'il destinait à mère-grand... Le conseil de guerre ne l'effrayait plus. Il ne se rappelait plus que vaguement le désastre de son haut-de-chausses. Une seule chose l'étonnait un peu : d'avoir si chaud sous la glace et dans l'eau... Puis il se sentit très heureux et comprit qu'il allait dormir comme les grenouilles.

Le petit fifre dormit longtemps. Tout à coup une voix connue l'éveilla : c'était la voix de mère-grand :

« Chut, disait-elle, il ouvre les yeux... Oh ! le méchant garçon qui vous fait des transes pareilles ! »

Le petit fifre fut repris de peur quand
il aperçut au pied de son lit les yeux
embroussaillés et les longues moustaches
de La Ramée.

« Le haut-de-chausses ! le conseil de
guerre !... Ne me laissez pas emmener !... »

Et il s'accrochait avec désespoir au
casaquin de sa grand'mère. Mais sa
grand'mère le rassura : ce bon La Ramée
l'avait tiré de l'eau, à moitié gelé et
tremblant la fièvre, puis il avait raconté
l'aventure au colonel, et le colonel
attendri venait précisément d'envoyer,
par un homme à cheval, une aune de
boudin, pour le réveillon, avec une paire
de chaussures neuves.

Le boudin chantait dans la poêle, des
chausses intactes pendaient à un clou.
Et voilà, telle que ma nourrice me l'a
apprise, l'histoire du petit fifre rouge
qui, par amitié pour sa grand'mère,
pêchait les grenouilles à Noël.

Les Clous d'or

« Ah ! mon pauvre homme, mon pauvre homme, si tu fusses né sans bras ni jambes, notre porte aurait des clous d'or ! »

Ainsi disait Tardive à Jean Bénistan, un soir d'hiver au coin de l'âtre, pendant que les enfants dormaient ; et Jean Bénistan ne trouvait rien à répondre, car depuis longtemps, par sa faute, les affaires du ménage ne florissaient guère.

Non pas que Bénistan fût paresseux

ou mauvais homme, au contraire, seulement rien ne lui réussissait.

Sobre, actif, debout avant l'aube, on ne rencontrait que lui par les chemins et par les rues, préoccupé, flairant le vent, et cherchant, là-haut, dans les nuages, un moyen de faire fortune. Généralement, il trouvait une idée chaque matin, — car l'esprit ne lui manquait pas, — des idées superbes. Tout, d'abord, allait à merveille. Mais au dernier moment, les dépenses faites, les choses bien en train, quand il n'y avait plus qu'à recueillir les bénéfices, crac! une catastrophe survenait, et adieu nos projets, adieu nos espérances... Jean Bénistan avait beau se lever de bonne heure, je ne sais quel mauvais génie se levait toujours avant lui.

Par exemple, Bénistan avait remarqué que les gens de son endroit, pour aller aux foires et marchés, faisaient un grand détour à cause de la rivière. Il imagina en conséquence de vendre une de ses terres et de construire, avec l'argent, un bac dont il serait le passeur. Le bac fut vite achalandé, les doubles deniers semblaient pleuvoir du ciel, et Bénistan se croyait déjà riche, quand les moines du couvent voisin, ayant reconnu que la spéculation était bonne, établirent, à un quart de lieue au-dessus, un pont de pierre assez large et assez solide pour porter chevaux et charrettes, de sorte que, abandonné de tous, le bac du pauvre Bénistan finit par pourrir dans les saules.

Une autre fois, Bénistan qui, après un certain nombre d'entreprises pareilles, toujours commençant bien et toujours tournant mal, ne possédait plus, pour toute ressource, qu'un rocher pelé dont les huissiers n'avaient pas voulu, Bénistan essaya d'y cultiver des ruches.

« Les abeilles se réveilleront là comme chez elles, et leur miel sera bon à cause des lavandes. »

Tout l'hiver, Bénistan travailla à installer dans les abris de son rocher des troncs d'arbres creux coiffés en guise de toit de grosses pierres plates qu'il lui fallait aller chercher très loin, derrière les collines ; et, quand approcha le printemps, il se mit à courir la campagne, dépensant ses derniers sous à acheter tous les essaims qui pendaient aux branches.

« Décidément, dirent les voisins, Bénistan a trouvé la veine. »

Sa femme elle-même y croyait. Personne n'avait les yeux assez grands au village pour admirer ces cent ruches bien alignées d'où coulaient déjà des fils de miel roux, et autour desquelles les abeilles dansaient dans le soleil, comme des étincelles d'or.

La récolte fut bonne la première année : elle paya presque les frais. Mais la seconde, les lavandes ayant subitement défleuri à cause de la grande sécheresse, presque toutes les abeilles moururent ; et de nouveau, par malechance, Bénistan se trouva ruiné.

Bénistan avait voulu élever des poules.
Le renard, en une seule nuit, égorgea
poulets et poussins, le coq, les pondeuses
et les couveuses.

Bénistan avait voulu planter des
vignes. Un fléau précurseur du phyl-
loxera, et qui sait? peut-être le phyl-
loxera lui-même, — car notre siècle
n'a pas tout inventé, — changea ses
souches en bois mort.

Si bien que, travaillant, épargnant
comme une fourmi, la bonne Tardive,
sur qui toutes les charges retombaient,
se trouvait encore heureuse d'avoir à
peu près chaque soir du pain bis dans
la panetière, et sur le feu une bonne
soupe fumante, qu'elle servait debout,
suivant la respectueuse coutume d'autrefois, car, autrefois, jamais femme n'aurait osé s'asseoir à la table de son sei-
gneur et maître.

Mais tout a une fin! Depuis longtemps la jolie panetière en noyer ciré
avait été vendue. Les enfants ce soir-là,

— ils commençaient d'ailleurs à s'y faire, — étaient allés au lit, sans souper, après avoir entendu pour la vingtième fois, en manière de dédommagement, l'histoire de Jean-de-l'Ours et de ses grands combats avec l'Archi-Diable, la seule que Bénistan connût. Pour comble de malheur, Ganagobi, le chat de la maison, Ganagobi, pourtant si fidèle, avait disparu. De temps en temps, Tardive se levait et appelait : « Ganagobi, Ganagobi !... » dans la direction du village ; mais Ganagobi ne revenait pas, chassé par l'odeur de misère.

C'est là le grand chagrin qui tranchait l'âme de Tardive ; et c'est ce grand chagrin qui lui avait arraché ce mot de reproche, le seul en sept ans sorti de sa bouche :

« Ah, mon pauvre homme ! mon pauvre homme ! si tu fusses né sans bras ni jambes, notre porte aurait des clous d'or. »

Elle oubliait, la brave femme, qu'un

coup de mistral avait, quinze jours auparavant, démoli la vieille porte, vermoulue dont elle aimait à faire reluire les ferrures; elle oubliait que, fauté de pouvoir la remplacer, ils en étaient réduits, pécaïre! à fermer leur cabane avec un buisson.

Cependant, Jean Bénistan avait sur le cœur, comme un gros poids, les paroles de Tardive :

« La femme a raison, songeait-il, tout ce qui arrive, n'arrive qu'à cause de moi. Si je l'avais laissée mener la barque tranquillement, sans me mêler de rien, nous serions riches; la maison aurait une porte, et les petits ne crieraient pas la faim... Maudites jambes, maudits bras! Que ne me les coupa-t-on en nourrice?... Mais je sais maintenant ce qui me reste à faire, mes jambes et mes bras n'étant bons qu'à être cassés. »

Alors, profitant de ce que Tardive s'était endormie, il l'embrassa, bien doucement, afin de ne pas la réveiller.

Il embrassa de même les enfants. Puis,
ayant déplacé et replacé le buisson, il
s'en alla dans la nuit noire.

Huit jours après, Tardive recevait une
bourse contenant quelques écus. Elle
devina, — le pays se trouvait en guerre,
— que Bénistan avait dû se faire soldat.

Bénistan eut des aventures, car il
était fort brave et ne s'épargnait point.

Un jour, se battant avec des Sarrasins qui venaient de débarquer et pillaient
le long de la mer, Bénistan fut laissé
pour mort par ses compagnons dans la
mêlée. Mort? non pas : mais évanoui.
Il revint à lui entre le ciel et l'eau, au
milieu de gens coiffés de turbans. Il
comprit qu'on l'emmenait prisonnier sur
une tartane; et, s'étonnant de ne pas
être chargé de chaînes selon l'usage, il
s'aperçut qu'il avait les deux bras cassés
chacun d'un coup de feu et les deux
jambes tailladées d'une infinité de coups

de sabre, ce qui rendait toute espèce de liens parfaitement inutiles.

Alors, pensant aux dernières paroles de Tardive :

« Maintenant que me voilà sans bras ni jambes, espérons que notre porte aura bientôt des clous d'or. »

Et les bons Sarrasins n'en revenaient pas, massacré comme il était, de le voir sourire.

La tartane accosta sous les remparts d'une ville blanche, autour de laquelle il y avait une plaine de sable, un cimetière sans mur et un petit bois de palmiers.

Jean Bénistan, prenant son parti des lois de la guerre, croyait qu'on allait le mettre à mort ou tout au moins le faire esclave. Mais le roi de ces Barbaresques, superbe vieillard à longue barbe, voulut d'abord qu'on le guérît ; après quoi, plein d'admiration pour son courage, il lui proposa d'être pacha, ce qui, là-bas, signifie général.

Bénistan répondit qu'un chrétien ne se bat pas contre des chrétiens. Mais le roi lui ayant affirmé par serment qu'il s'agissait surtout d'aller guerroyer contre les nègres idolâtres, le bon Bénistan accepta.

Pendant des années et des années, Bénistan se couvrit de gloire dans des pays lointains et brûlés, sans avoir jamais aucune nouvelle de France.

A la fin, pourtant, il obtint son congé et la permission de repartir accompagné d'un serviteur maure qui l'aidait à monter sur son cheval et à en descendre, car ses anciennes blessures, et d'autres encore reçues depuis, lui rendaient le corps un peu raide.

Après des jours, après des nuits, voyageant par terre et par mer, Jean Bénistan, toujours avec son serviteur, arriva en vue de Marseille. Mais il n'y entra point, non plus que dans aucune autre ville, tant il était pressé de retrouver les siens.

Et pourtant, lorsque, du haut de la dernière colline, il découvrit sa maisonnette, le cœur lui manqua et il n'osa pas aller plus avant, car il eut peur soudain que quelqu'un n'y fût mort.

« Remarque, dit-il au moricaud, cette cabane couverte en joncs d'étang, avec une porte qui a l'air neuve ? Tu vas te cacher tout près, dans la haie, et tu reviendras me dire ce qui se passera. »

Au bout d'une heure, le moricaud revint :

« J'ai vu sortir de la cabane une femme en deuil et six enfants qui s'en sont allés vers l'église.

— Et qu'as-tu vu encore ?

— J'ai encore vu un vieux chat roulé au soleil sur le seuil. »

Alors Jean Bénistan pleura, de la joie qu'il éprouvait en apprenant que sa femme et ses enfants vivaient et que le chat était revenu.

Jean Bénistan sortit quatre clous d'or de sa saquette.

« Prends une pierre pour marteau, et,
pendant que les habitants n'y sont pas,
va planter ces clous d'or dans la porte
de la cabane. »

Quand Tardive revint de l'église, où
elle s'était rendue, comme elle faisait
toutes les années, au jour anniversaire
de la disparition de Jean Bénistan, quand
elle aperçut le chat qui, hérissé, souf-
flait de colère sur le toit, et les quatre
clous d'or aux quatre coins de la porte,
se souvenant des paroles de jadis, elle
s'écria :

« Courez, mes enfants, courez vite au-
devant de mon pauvre homme qui s'en
revient de la guerre, sans doute, hélas!
bien maltraité. »

Mais, comme à ce moment, au détour
du sentier, Jean Bénistan, aussi fier
qu'un roi, apparaissait sur son cheval
que le moricaud tenait en bride, elle
ajouta, presque évanouie :

« Dieu soit loué! il a ses bras, il a

ses jambes... Ces clous d'or m'avaient
fait grand'peur. »

Et Bénistan disait en l'embrassant :

« Oui, j'ai mes jambes, oui, j'ai mes
bras, mais tellement meurtris et blessés
qu'ils ne veulent plus que le repos...
Désormais, Tardive, tu peux être tranquille... Sors pour moi le fauteuil, là,
devant la porte, sous la vigne... Mets
le vieux chat sur mes genoux, et si, par
hasard, il n'y avait pas ce soir de soupe
à manger, je rapporte des pays d'Afrique,
pour les petits devenus grands, toutes
sortes d'histoires plus belles que celle
de l'Archi-Diable et de Jean-de-l'Ours ! »

Mais c'étaient là discours pour rire,
comme une joie trop vive en inspire,
car à force de peine et de travail, pendant l'absence de Bénistan, Tardive était
redevenue presque riche, et lui possédait des trésors.

Maintenant, si vous passiez par mon
village, je pourrais vous montrer intacte,
— le brave homme, s'y trouvant bien,

ne voulut jamais en habiter d'autre, —
la cabane de Jean Bénistan. La porte
existe toujours. A vrai dire, les clous
d'or manquent. Mais on voit la place
des trous.

Les Haricots de Pitalugue

I.

Pertuis semait ses haricots !

Des hauteurs du Lubéron aux graviers
de la Durance, ce n'étaient par tout le
terroir que gens sans blouse ni veste,
en *taillole*, qui suaient et rustiquaient;
et dans la ville, les bourgeois, assis au
frais sous les platanes, à l'endroit où le
Cours domine la plaine, disaient en
regardant ces points rouges et blancs
remuer :

« Si les pluies arrivent à temps, et que la semence se trouve bonne, la France, cette année, ne manquera pas de haricots. »

Car Pertuis a cette prétention, quasi justifiée d'ailleurs, de fournir de haricots la France entière. Pertuis aurait pu, grâce à son sol et à son climat, cultiver la garance comme Avignon ou le charbon à foulon comme Saint-Remy ; Pertuis aurait pu dorer ses champs de froment comme Arles, ou les ensanglanter de tomates comme Antibes ; mais Pertuis a préféré le haricot, légume modeste, qui ne manque pourtant ni de grâce ni de coquetterie quand ses fines vrilles grimpantes et son feuillage découpé tremblent à la brise.

De tous ces semeurs semant comme des enragés, le plus enragé, sans contredit, était le brave Pitalugue. La guêtre aux mollets, reins sanglés, il s'escrimait de la pioche, tête baissée. Lorsque dans le terrain passé et repassé

il ne resta plus caillou ni racine, alors,
du revers de l'outil, doucement, il
l'aménagea en pente douce pour que
l'eau du réservoir pût y courir. Le
terrain aménagé, il prit un long cordeau
muni à ses deux bouts de chevillettes,
planta les chevillettes en terre, tendit la
corde et traça, parallèles au front du
champ, une, deux, trois, cinq, dix
rigoles aussi régulièrement espacées que
les lignes d'une portée musicale sur les
parties de l'orphéon de Pertuis. Puis,
tout ainsi réglé, Pitalugue reprit une
par une ses rigoles et, l'air attentif, un
genou en terre, il séma.

« Semons du vent, murmurait-il ;
c'est, quoi qu'en dise Monsieur le curé,
le seul moyen qui me reste aujourd'hui
de ne pas récolter la tempête. »

Et Pitalugue, en effet, semait du
vent. C'est pour prendre du vent,
disons mieux : c'est pour ne rien prendre
du tout que, de trois secondes en trois
secondes, il envoyait la main à sa gibe-

cière ; ce n'est rien du tout qu'il y saisissait, ce n'est rien du tout que son pouce et son index rapprochés déposaient avec soin dans le sillon ; et la paume de sa main gauche, rabattant à chaque fois la terre friable et blutée, ne recouvrait que des haricots imaginaires.

Cependant, à cent mètres au-dessus du champ, dans le petit bosquet qui ombrage la côte, un homme, que Pitalugue ne voyait point, suivait de l'œil, avec intérêt, les mouvements compliqués de Pitalugue.

« Eh ! eh ! se disait-il, Pitalugue travaille. »

Perché ainsi dans la verdure, avec son nez crochu, ses lunettes d'or et son habit gris moucheté, un chasseur l'aurait pris de loin pour un hibou de la grosse espèce.

Mais ce n'était pas un hibou, c'était mieux : c'était M. Cougourdan, le redouté M. Cougourdan, arpenteur juré, marchand de biens, que la rumeur pu-

blique accusait de se divertir parfois à
l'usure.

La justice de paix vaquant ce jour-là,
et réduit à ne poursuivre personne,
M. Cougourdan avait imaginé d'apporter
ses registres à la campagne. M. Cougourdan aimait la nature ; un beau
paysage l'inspirait, le chant des oiseaux,
loin de le distraire, ne faisait qu'activer
ses calculs, et c'est ainsi, le front ra-
fraîchi par l'ombre mouvante des arbres,
qu'il inventait ses plus subtiles procé-
dures.

Le spectacle doucement rustique de
Pitalugue travaillant mit M. Cougourdan en verve :

« Une idée ! si je tirais au clair les
comptes de ce Pitalugue ! »

Et M. Cougourdan constata qu'ayant,
l'année d'auparavant, prêté cent francs à
Pitalugue, Pitalugue se trouvait, à l'heure
présente, lui devoir juste cent écus.

« Bah ! les haricots me paieront cela ;
je ferai saisir à la récolte. »

Là-dessus, M. Cougourdan sortit du bois, et se mit à descendre vers le champ de Pitalugue, ne pouvant résister au désir de voir les haricots de plus près.

Au même moment, comme l'ombre aiguë du *Puy lapinier*, tombant juste sur un trou de roche qu'on nomme le cadran des pauvres, marquait trois heures, Pitalugue leva la tête et vit venir la Zoun, sa femme, qui lui apportait à goûter. Il rajusta sa culotte et sa taillole, alla se laver les mains à la fontaine, heurta violemment, pour en détacher la terre collée, ses fortes semelles à clous contre la pierre du bassin, puis s'assit à l'ombre d'une courge élevée en treille devant sa cabane, prêt à manger, le couteau ouvert, le fiasque et le panier entre les jambes.

« Té ! Zoun, regarde un peu si on ne dirait pas M. Cougourdan.

— Bonjour, la Zoun, bonjour, Pitalugue ! » nasilla gracieusement l'usurier ;

et tout en jetant sur le champ un regard discret et circulaire, il ajouta :

« Pour des haricots bien semés, voilà des haricots bien semés. Pourvu qu'il ne gèle pas dessus.

— Ne craignez rien, la semence est bonne, » répondit philosophiquement Pitalugue.

. Et, tranquille comme Baptiste, il acheva son pain, ferma son couteau, but le coup de grâce et se remit au travail, tandis que la Zoun et M. Cougourdan s'éloignaient.

« Hardi, les haricots ! murmurait-il en continuant sa besogne illusoire, encore un ! un encore ! des cents !! des mille !!! Les voisins aujourd'hui ne diront pas que Pitalugue ne fait rien et qu'il a passé le temps à fainéanter sous sa courge. »

Il peina ainsi jusqu'au soleil couché.

« Hé ! Pitalugue, holà ! Pitalugue, lui criaient du chemin les paysans qui,

bissac au dos, pioche sur le cou, ren-
traient par groupes à la ville.

— Tu sèmeras le restant demain.

— La mère des jours n'est pas
morte ! »

Enfin Pitalugue se décida à quitter
son champ. Avant de partir, il re-
garda :

« Beau travail ! murmurait-il d'un
air à la fois narquois et satisfait, beau
travail ! mais, comme dit Jean de la
lune qui riait en tondant ses œufs, cette
fois le rire vaut plus que la laine ! »

II

Peut-être voudriez-vous savoir ce qu'était Pitalugue, et pourquoi il avait adopté en fait de haricots un aussi étrange procédé de culture.

Pitalugue était philosophe, vrai philosophe de campagne, prenant le temps comme il vient et le soleil comme il se lève, arrangeant tant bien que mal, à force d'esprit, une existence chaque jour désorganisée par ses vices, et dépensant à vivre d'expédients au village plus d'efforts et d'ingéniosité que tant d'autres à faire fortune à la grande ville.

Songe-fête comme pas un : pour une partie de bastidon, Pitalugue laisse en l'air fenaison et vendange... Pitalugue pêche, Pitalugue chasse, Pitalugue a un chien qu'il appelle Brutus ; un furet gîte en son grenier ; et dans l'écurie, au-dessus de la crèche parfois vide, l'œil stupéfait du bourriquot peut contempler les évolutions et les saluts d'une grosse chouette en cage.

Le pire de tout, c'est que Pitalugue est joueur ; mais là, joueur comme les cartes, joueur à jouer enfant et femme, joueur, disent les gens, à tailler une partie de vendôme, sous six pieds d'eau, en plein hiver, quand la Durance charrie.

C'est pour cela que Pitalugue, jadis à son aise, se trouve maintenant gêné. La récolte est mangée d'avance, les terres entamées par l'usure ; et quelles scènes quand il rentre un peu gris et la poche vide dans sa maisonnette du Portail-des-Chiens ! Quels remords aussi, car, au fond, Pitalugue a bon cœur. Mais ni scène ni remords ne peuvent rien contre les cartes. Pitalugue jure chaque fois qu'il ne jouera plus, et chaque matin il rejoue.

Ainsi, aujourd'hui, il s'était levé, ce brave Pitalugue, avec les meilleures intentions du monde. Au petit jour et les coqs chantant encore, il était devant sa porte en train de charger sur l'âne un sac de haricots. Et quels haricots ! de vrais haricots de semence, émaillés, lourds comme des balles, ronds et blancs comme des œufs de pigeon.

« Emploie-les bien et ménage-les, disait la Zoun en donnant un coup de main, tu sais que ce sont nos derniers.

— Cette fois, Zoun, le diable me brûle si tu n'es pas contente !... A ce soir !... *Arri !* bourriquot. »

Et Pitalugue était parti, vertueux, derrière son âne.

Par malheur, aux portes de la ville, il rencontre le perruquier Fra qui s'en revenait les yeux rouges, ayant passé sa nuit à battre les cartes dans une ferme.

« Tu rentres bien tard, Fra ?

— Tu sors bien matin, Pitalugue !

— Le fait est qu'il ne passe pas un chat.

— Ce serait peut-être l'occasion *d'en tailler une.*

— Pas pour un million, Fra.

— Voyons : rien qu'une petite, Pitalugue.

— Et mes haricots ?

— Tes haricots attendront. »

L'infortuné Pitalugue résista d'abord, puis se laissa tenter. Fra sortit les cartes. On en tailla une, on en tailla deux, et les haricots attendirent.

Bref ! l'alouette montait des blés, et les premiers rayons coloraient en rose la muraille de pierre sèche sur laquelle les deux joueurs jouaient, assis à califourchon, lorsque Pitalugue, retournant ses poches, s'aperçut qu'il avait tout perdu.

« Cinq francs sur parole ! dit Fra.

— Cinq francs, ça va, » répondit Pitalugue.

Les cartes tournèrent et Pitalugue perdit.

« Quitte ou double?

— Quitte ou double! »

Pitalugue perdit encore.

« Maintenant le tout contre ta semence. »

Pitalugue accepta. Il était fou, ses mains tremblaient.

« Non! grommelait-il en donnant, je ne perdrai pas cette fois, les cartes ne seraient pas justes. »

Il perdit pourtant; et l'heureux Fra, chargeant le sac d'un tour de main, lui dit :

« La prochaine fois, Pitalugue, nous jouerons l'âne. »

Que faire? Rentrer, tout avouer à la Zoun? Pitalugue n'osa pas, la mesure était comble. Acheter d'autre semence? Le moyen, sans un rouge liard!

En emprunter à un ami? Mais c'eût été rendre l'aventure publique. Assuré du moins de la discrétion du barbier

(les joueurs ne se vendent pas entre eux),
notre homme, après cinq minutes de
profond désespoir, prit, comme on l'a
vu, son parti en brave :

« Je ne peux pas semer des haricots
puisque je n'en ai plus, se dit-il en
riant dans sa barbiche, mais je peux
faire semblant d'en semer. La Zoun n'y
verra que du feu, le hasard est grand,
et d'ici à la récolte bien des choses se
seront passées. »

Bien des choses en effet se passèrent
qui mirent Pertuis en émoi.

D'abord, Pitalugue changea du tout
au tout. Talonné par le remords et
craignant toujours d'être découvert, il
renonça au jeu, déserta l'auberge. Lui,
que ses meilleurs amis accusaient de
trouver la terre trop basse, on le vit,
dans son petit champ, piocher, gratter,
rustiquer à mort.

Jamais haricots mieux soignés que
ces haricots qui n'existaient pas !

Tous les soirs, au coucher du soleil,

il les arrosait, mesurant sa part à chaque
rigole et vidant à fond le réservoir qui,
tous les matins, se retrouvait rempli
d’eau claire. Le jour, autre chantier : si
parfois, sous un soleil trop vif, la terre
séchait et faisait croûte, Pitalugue la
binait légèrement pour permettre au
grain de lever. Souvent aussi, la main
armée d’un gant de cuir, il allait à travers les raies, arrachant le chardon cui-
sant, le seneçon envahisseur et le chien-
dent tenace.

Ses voisins l’admiraient, sa femme n’y
comprenait rien, et M. Cougourdan ra-
dieux rêvait toutes les nuits de haricots
saisis et parlait de s’acheter des lunettes
neuves.

Or, au bout d’une quinzaine, de çà,
de là, tous les haricots de Pertuis se
mirent à lever le nez : une pousse
blanche d’abord, recourbée en crosse
d’évêque, deux feuilles coiffées de la
graine et portant encore un fragment
de terre soulevée; puis la graine sèche

tomba, les deux feuilles découpées en cœur se déplièrent, et bientôt, du Lubéron à la Durance, toute la plaine verdoya.

Seul, le champ de Pitalugue ne bougeait point.

« Pitalugue, que font tes haricots ? »

Et Pitalugue répondait :

« Ils travaillent sous terre. »

Cependant les haricots de Pertuis s'étant mis à filer, il fallut des soutiens pour leurs tiges fragiles. De tous côtés, dans les *cannières* plantées en tête de chaque champ, les paysans, serpette en main, coupaient des roseaux. Pitalugue coupa des roseaux comme tout le monde. Il en nettoya les nœuds, il les appareilla, puis les disposa en faisceau, quatre par quatre et le sommet noué d'un brin de jonc, de façon à ménager aux haricots, qui bientôt grimperaient dessus, ce qu'il faut d'air et de lumière.

Au bout de la seconde quinzaine, les haricots de Pertuis avaient grimpé, et

la plaine, du Lubéron à la Durance, se
trouva couverte d'une infinité de petits
pavillons verts.

Seuls, les haricots de Pitalugue ne
grimpèrent point. Le champ demeura
rouge et sec, attristé encore qu'il était
par ses alignements de roseaux jaunes.

La Zoun dit :

« Il me semble, Pitalugue, que nos
haricots sont en retard.

— C'est l'espèce, » répondit Pitalugue.

Mais lorsque, du Lubéron à la Durance, sur tous les haricots de la plaine
pointèrent des milliers de fleurettes
blanches; lorsque ces fleurs se furent
changées en autant de cosses appétis-
santes et cassantes, et qu'on vit que
seuls les haricots de Pitalugue ne fleu-
rissaient ni ne grainaient, alors les gens
s'en émurent dans la ville.

Les malins, sans bien savoir pourquoi,
mais soupçonnant quelque bon tour,
commencèrent à gausser et à rire.

Les badauds, en pèlerinage, allèrent contempler le champ maudit.

M. Cougourdan fut inquiet.

Et la Zoun s'installa sous la courge, accablant la terre et le soleil de protestations indignées.

III

Un soir, *Tante Dide*, mère de la Zoun, belle-mère de Pitalugue par conséquent, et matrone des plus compétentes, se rendit sur les lieux malgré son grand âge, observa, réfléchit et déclara au retour qu'il y avait de la magie noire là-dessous, et que les haricots étaient ensorcelés. Pitalugue abonda dans son sens ; et toute la famille jusqu'au 15° dégré de parenté ayant été convoquée à la maisonnette du Portail-des-Chiens, il fut décidé que, vu la gravité des circonstances, le lendemain *on ferait bouillir*.

Tante Dide, qui justement se trouvait être veuve, s'en alla donc rôder chez le *terraillier* de la Grand’Place, dans le dessein de voler une marmite qui n’eût pas servi, car, pour faire bouillir dans les règles, il faut avant tout une marmite vierge, volée par une veuve. Le terraillier connaissait l’usage ; et, sûr d’être dédommagé à la première occasion, il détourna les yeux pour ne point voir tante Dide lorsqu’elle glissa la marmite sous sa pelisse.

La marmite ainsi obtenue fût solennellement mise sur le feu en présence de tous les Pitalugue mâles et femelles.

Puis tante Dide l’ayant emplie d’eau, versa dans cette eau, non sans marmotter quelques paroles magiques, tous les vieux clous, toutes les vieilles lames rouillées, toutes les aiguilles sans trou et toutes les épingles sans tête du quartier. Et, quand la soupe de ferraille commença à bouillir, quand les lames, les clous, les aiguilles et les épingles entrèrent en danse, on fut persuadé qu’à chaque tour, chaque pointe, malgré la distance, s'enfonçait dans la chair du jeteur de sorts.

« Ça marche, murmurait tante Dide ; encore une brassée de bois, et tout à l'heure le gueusard va venir nous demander grâce.

— Il sera bien reçu ! » répondait la bande.

Cependant l'astucieux Pitalugue, que tout ceci amusait fort, n'avait pu s'empêcher d'aller en souffler un mot à ses amis de la haute ville ; et ce fut, dans tout Pertuis, une grande joie quand le bruit se répandit qu'au Portail-des-Chiens, pour désensorceler les haricots, la tribu des Pitalugue faisait bouillir.

Or, les Pitalugue faisant bouillir, la tradition voulait qu'on envoyât quelqu'un se faire assommer par les Pitalugue.

Ce quelqu'un fut M. Cougourdan ! Niez après cela la Providence.

Conduit par son destin, M. Cougourdan eut l'idée fâcheuse de s'arrêter

devant la boutique du perruquier Fra.
Il venait précisément de rencontrer Pitalugue plus gai qu'à l'ordinaire et tout
épanoui de l'aventure.

« As-tu vu ce Pitalugue, quel air
content il a?

— Mettez-vous à sa place, monsieur
Cougourdan, avec ce qui lui arrive?

— Il a donc gagné?

— Mieux que ça, monsieur Cougourdan.

— Hérité peut-être?

— Mieux encore : il a, en recarellant
sa cuve, trouvé mille écus de six livres
dans un bas.

— Mille écus, sartibois ! et mon billet,
qui justement tombe ce matin.

— Pitalugue descend chez lui, monsieur Cougourdan, rattrapez-le avant
qu'il n'ait tout joué ou tout bu ; et, si
vous voulez suivre un bon conseil,
courez vite. »

Au Portail-des-Chiens, la marmite
bouillait toujours et l'impatience était à

son comble, lorsque Cadet, qu'on avait
posté en sentinelle, vint tout courant
annoncer qu'un vieux monsieur à lunettes d'or, porteur d'un papier qui paraissait être un papier timbré, tournait
le coin de la rue.

« M. Cougourdan ! s'écria la Zoun ; il
se trouvait là précisément quand nous
semâmes les haricots.

— C'est lui le sorcier, je m'en dou-
tais, reprit tante Dide. Allons, les enfants, tous en place, et pas un coup de
bâton de perdu ! »

Silencieusement, les quinze Pitalugue
mâles se rangèrent le long des murs,
armés chacun d'une forte trique.

Quelle émotion dans la chambre ! On
n'entendait que les glouglous pressés
de l'eau, le cliquetis de la ferraille, et
bientôt le bruit des souliers de M. Cougourdan, sonnant sur l'escalier de bois.

Ce fut une mémorable dégelée ; les
farceurs de Pertuis eurent pour longtemps de quoi rire.

M. Cougourdan, homme discret, ne
se plaignit pas.

Quant à Pitalugue, ayant retrouvé le
soir, dans un coin de la chambre, son
billet de cent écus perdu par M. Cougourdan dans la bagarre, il en fit une
allumette pour sa pipe et dit à la Zoun
d'un ton pénétré :

« Vois-tu, Zoun, les anciens n'avaient
pas tort! Bonne semence n'est jamais
perdue, et la terre rend toujours au
centuple les bonnes manières qu'on lui
fait. »

Nobles et philosophes paroles qui seront, s'il plaît au lecteur, la morale de
cette histoire !

Le Champ du Fou

Demi-bourgeois et presque riche, il avait, chose invraisemblable, toujours vécu en paysan. Bien mieux, ayant perdu sa femme, il se permit l'idée bizarre de donner tout son bien à des parents éloignés, pour ne garder qu'une rustique maisonnette avec quelques cents mètres de terrain autour, juste ce qu'il pourrait cultiver lui-même ; et, depuis ce temps, il vivait seul, heureux

et seul ! dans la familiarité de la nature.
C'est pour cela que les gens du pays le
croyaient fou.

Rien de joli, d'ailleurs, comme le
petit domaine qu'il s'était arrangé au
clos Saint-Laze. Un ermite, à le voir,
s'en serait rendu amoureux.

Ce que j'appelais tout à l'heure maisonnette, faute de trouver le terme
exact, n'était, en réalité, qu'un creux
de rocher que fermait un mur percé
d'une fenêtre et d'une porte.

Mais le mur était si blanc, un si
beau rosier enguirlandait la fenêtre et
de si vigoureuses broussailles faisaient
corniche à la place du toit, que cette
logette valait un château.

A deux pas, une source claire jaillis-
sait du milieu d'un amas de tufs et de
mousses pour tomber à grand bruit
dans un vivier, au-dessous duquel des-
cendait en pente un jardinet arrosé à sa
soif même au plus fort de l'été et plein
d'arbres et de légumes.

Quelques oliviers, un carré de blé, un cordon de vigne assuraient amplement la subsistance du propriétaire. Mais sur ce sol montueux, tout hérissé d'énormes pierres qu'il aurait fallu attaquer à la mine, bien des coins demeuraient incultes. Le bonhomme les mettait à profit pour y planter toutes sortes de fleurs curieuses et rares qu'il allait chercher dans la montagne ; seulement, n'étant pas ingrat, et voulant rendre à la montagne un peu de ce qu'il lui prenait, il y semait des fleurs de jardin aux endroits les plus solitaires, ou bien greffait sur des sauvageons les meilleures qualités de fruits, heureux par avance de l'étonnement des botanistes et des surprises gastronomiques que sa bienfaisante supercherie préparait aux pâtres et aux coureurs de bois.

On l'appelait le père Noé, sans doute en manière de sobriquet, à cause de son amour pour les bêtes.

Quand je le connus, du plus loin que

je me souvienne, c'était un homme
très vieux, tout blanc, et si affaibli par
le grand âge qu'il était obligé, la plu-
part du temps, de laisser les trois quarts
de son bien en friche. Il avait des idées
étranges là-dessus, prétendant que tout
homme ne doit demander que sa part
à la terre, et n'eût pas souffert qu'on
l'aidât. Il lui arrivait rarement de rentrer
toute sa vendange ; son plaisir était de
laisser les plus belles grappes sur le
cep.

« Il faut bien, disait-il, quelques raisins mûrs pour les grives... »

Mais les grives n'étaient pas seules à
picorer dans sa vigne, *la vigne à personne*, comme nous disions entre galo-
pins, et la plus grosse part nous revenait de ses muscats amollis et cuits, si
doux que leur sucre brûlait la langue.

Le père Noé aimait les petits et nous
tolérait volontiers. Par exemple, chez
lui, défense absolue de toucher aux nids
et de faire du mal à quoi que ce fût.

Le père Noé se montrait sur ce point
méticuleux comme un bouddhiste. Aussi
son clos nous faisait-il l'effet, dans nos
imaginations enfantines, d'un second
paradis terrestre où vivaient heureuses,
en pleine liberté, toutes les bestioles de
la création. Sans compter les oiseaux
bruyants et innombrables, de superbes
lézards verts, le dos chatoyant et grenu
comme une bourse brodée de perles, se
chauffaient au soleil un peu partout, le
long des muraillettes de pierre sèche
étagées en terrasse pour empêcher la
bonne terre de glisser. Des lapins igno-
rants du coup de fusil venaient effron-
tément galoper et cabrioler à la barbe
de leur protecteur; et dans les crépus-
cules d'automne, de gros insectes à la
silhouette fantastique passaient d'un vol
vibrant et lourd sur les nuages pourpres
du couchant.

Un jour, vaguant dans le clos Saint-
Laze avec l'autorisation du père Noé,
nous trouvâmes un lièvre au gîte, de

qui les oreilles diaboliquement dressées nous effrayèrent. Car il y avait vraiment de tout dans ce bienheureux clos Saint-Laze, de tout, même un vieux chêne crevassé où logeait un essaim d'abeilles. Le père Noé, sans les tuer ni les mettre en fuite, — ne savait-il pas parler aux bêtes ? — leur prenait à chaque printemps quelques rayons de miel, du miel sauvage, du *miel d'ours* dont il nous faisait des tartines. Et nous étions fiers, pensez donc, de manger ainsi du miel d'ours.

Une après-midi, comme il était en train de faire la moisson de son blé méteil, le père Noé fut pris d'un subit malaise. Il appela un voisin qui dut l'aider à regagner la maisonnette, car ses jambes ne le portaient plus. On rentra les gerbes coupées, mais il fallut laisser sur pied ce qui restait.

« Puisque je n'ai pas pu couper mon

blé moi-même, c'est un signe que je n'aurai plus besoin de tant de pain. »

On lui fit remarquer qu'il y avait sacrilège à laisser périr le bon grain.

« Attendez l'hiver, attendez, les oiseaux me donneront raison... »

Et comme le père Noé passait pour un peu sorcier, tout le monde augura qu'il sentait sa fin, qu'il mourrait bientôt et que la saison serait mauvaise.

En effet, cette année-là, décembre s'annonça terrible. -

Les montagnes d'abord apparurent ourlées de neige à leur crête. Puis la neige gagna les plaines ; et, le vent des Alpes soufflant, des flocons se mirent à tomber, lents et drus. Au bout de deux jours, quand le temps s'éclaircit, toute la campagne, à perte de vue, était blanche — fossés comblés, haies recouvertes — et sans les lignes de grands noyers, on n'aurait pas pu reconnaître les routes. Un froid dur avec cela, si dur que les rochers mouillés se recou-

vraient partout d'une croûte de givre,
et que tout l'effort du soleil n'arrivant
qu'à fondre un peu de neige à la super-
ficie, elle se gelait aussitôt, luisait, et
craquait sous le pied comme verre.

Un matin, ma grand'mère, qui était
prieuresse des Pénitents bleus, prit sa
chaufferette et sa mante.

« Où allez-vous, grand'mère ?

— Garder jusqu'à ce soir le père Noé
qui est au plus mal, et lui porter une
bouteille de vin cuit. »

Malgré le froid, malgré la neige,
comme le soleil s'annonçait beau, elle
consentit à m'emmener.

« Et dites-moi, grand'mère, l'hiver,
comment font les oiseaux pour vivre ?

— Un peu comme ils peuvent, mon
mignot. Ceux qui ont de bonnes ailes
s'en vont dans des pays où l'on a toujours chaud, par delà la mer, en Afrique. Les autres...

— Oui ! les autres, ceux qui n'ont
pas de bonnes ailes ?

— Eh bien, les autres mangent ce qu’ils trouvent, les baies des buissons, les épis oubliés aux champs.

— Mais quand la neige cache les buissons et recouvre les champs ?

— Alors, que veux-tu, ils ont faim, ils meurent. »

Je me rappelai précisément avoir vu, le matin même, un moineau mort, près de la fontaine, et comme aucun oiseau ne se montrait le long de la route, je fus pris d’une vague tristesse, m’imaginant qu’en effet tous étaient morts.

Mais à Saint-Laze, quelle surprise !

Sitôt la barrière dépassée, au-dessus du champ de méteil, avec des cris, des froufrous d’ailes, un nuage noir s’éleva. C’étaient des milliers d’oisillons qui, effrayés par notre vue, se postèrent en observation à la cime des arbres. Puis un se hasarda à revenir, un second l’imita, d’autres suivirent ; et bientôt toute la bande s'abattit de nouveau sur les épis noircis et les tiges brouillées du morceau de moisson que le père Noé avait voulu laisser debout. Ah ! les braves petits oiseaux, c'était affaire à eux de secouer la neige qui tenait les chaumes courbés. Ils travaillaient des pieds, du bec. Une vraie orgie, un pillage ! De tous les coins de l'horizon, friquets, pinsons, chardonnerets, venaient pour avoir leur part de l'aubaine ; et, se réchauffant à un rayon de bon soleil que laissait entrer la porte ouverte, le père Noé, de sa cabane, contemplait cela, souriant.

« En voici, en voici encore !

— Mais d'où viennent-ils en si grand nombre, monsieur Noé ?

— Figure-toi, petit, que, l'autre jour, j'avais donné commission à un merle d'aller publier par toute la contrée que la table était mise ici, chez un vieux fou qui va partir et qui a du blé de reste. La commission, paraît-il, a été

bien faite... Mais, s’en fourrent-ils, s’en
fourrent-ils, les brigands ! »

Puis, montrant dans un coin un sac
qui n’était qu’à moitié vide :

« Mon méteil n’y suffira pas... Je
vous charge, quand je serai mort, de
leur distribuer encore ceci. »

Huit jours après, le père Noé s’étant
éteint paisiblement, je m’en allai au
clos Saint-Laze, avec quelques mal-
peignés de mon âge, pour assister à la
cérémonie.

La neige avait un peu fondu. Maintenant, sur le chemin, tout le long des
haies, des kyrielles d’oisillons ragail-
lardis piquaient du bec en gazouillant
les perles noires des viornes et les grains
de corail des aubépines.

« Regarde-les voler... Écoute comme
ils chantent... Le curé ne leur fait
pas peur. »

Et nous restâmes persuadés, avec raison peut-être, que c’étaient les oiseaux

du clos Saint-Laze, les oiseaux mangeurs de méteil, qui suivaient ainsi le convoi, accompagnant pieusement leur ami jusqu'au cimetière.

La Mort des Cigales

Derrière le fort, sur un plateau pierreux, battu du vent, parfumé de maigre
lavande et d'œillets sauvages où, dans
un trou d'eau qui suintait, les gamins
allaient tendre des gluaux aux queues-
rousses et aux merles de roche, il y
avait un enclos blanc planté de croix
noires, avec un fossoyeur, — ancien
soldat de la grande armée que la rumeur
publique accusait de nourrir ses lapins

de l'herbe des tombes, — creusant tout le long du jour une éternelle fosse. Un grand tilleul faisait ombre au milieu ; et quand il avait défleuri, nous en mangions les graines molles et douces que nous appelions le *pain des morts*. Nous rêvions aux morts — à cause de ce pain — une existence de sous terre non pas effrayante précisément, mais vague, paresseuse et mystérieuse.

Quelquefois les cloches sonnaient à l'église. Alors on disait dans la ville :

« Le vieux Catignan a trépassé, la vieille Ravousse a rendu l'âme. »

On racontait les circonstances. Son testament signé, le vieux Catignan avait beaucoup remercié le notaire ainsi que les messieurs venus comme témoins ; et puis, pour montrer son usage du monde, il avait soupiré, croyant citer du latin :

« Siou mor, mortus ! Siou mor, mortus ! » et il était mort...

Quant à la Ravousse, elle gardait, paraît-il, dans sa *table fermée*, une robe

de drap toute neuve que son fils lui
avait envoyée de Marseille et qu'elle
n'avait jamais osé porter, la trouvant
trop belle pour une simple paÿsanne.
Mais pendant sa maladie les voisines
l'avaient tant priée et suppliée qu'elle
avait consenti à ce qu'on la lui mît
lorsqu'elle serait morte. Et la brave
femme répétait encore en riant, une
minute avant d'expirer :

« C'est là-haut qu'on va être étonné ;
personne ne me reconnaîtra plus ; ici
les gens m'appelaient la Ravousse, le
bon Dieu me dira : Madame Ravous. »

Les plus hardis allaient voir Catignan
et la Ravousse exposés devant leur
porte (la coutume en durait encore!),
sévères et raides avec leurs plus beaux
habits, entre les cierges, dans la caisse
ouverte que veillaient deux pénitents
blancs en cagoule. Mais cela ne nous
impressionnait guère. Catignan et la
Ravousse étaient des vieux! pourquoi
étaient-ils *des vieux*? c'est-à-dire des

êtres maussades et lents, ne riant pas, ne criant pas, enfin d'une autre espèce que nous; et, par un sentiment d'égoïsme naïf et féroce, on trouvait juste, naturel, amusant presque que la Mort vînt prendre les vieux. Bien entendu, on ne prévoyait pas le cas où grand-père, grand'mère seraient morts. L'enfant a peu d'idées générales; et puis, pour chacun de nous, grand-père et grand'mère n'étaient pas des vieux comme les autres : c'était grand-père et c'était grand'mère.

Mais personne n'échappe au Destin! je devais bientôt connaître à mon tour et avant mon tour l'amertume des séparations douloureuses.

J'arrivais alors sur mes huit ans et j'avais une camarade de mon âge que j'aimais d'une affection enfantine. Des cheveux d'or, des yeux bleu clair, genre de beauté rare chez nous où les filles brûlées et brunes ont longtemps l'air de garçonnets. On l'appelait indif-

féremment Ninette, Nine ou bien Domnine du nom de son patron Domnin
qui est un grand saint dans le pays.

Quand, galopinant dans les bas quar-
tiers, après la classe, nous passions sous
la voûte sombre où débouche un antique
égout, et que la bande prenait sa course
en criant : « Homme à la barrette rouge,
attrape le dernier ! » je prenais la main
de Domnine, et, pour la faire mieux
courir, je restais souvent le dernier, bien
que j'eusse grand'peur de *la Barrette
rouge*.

L'été, on nous laissait aller ensemble
hors des remparts de la ville jusqu'à la
lisière des champs, ce qui nous sem-
blait être très loin.

L'hiver, il m'arrivait de lui donner
une aile de raisin pendu, des sorbes
mûries sur la paille, et même de mon
sucre pour mettre dans son pain de
noix.

Un jour Domnine ne vint plus chanter
dans nos rondes les chansons qu'elle

chantait si bien : « Garde les abeilles,
Jeannette, garde les abeilles au pré ! »
ni celle du pont de Marseille sur lequel
« il pleut et soleille ». Et quand il pleu-
vait et soleillait, quand, dans un ciel
nuageux troué de bleues éclaircies, le
diable battait sa femme, Domnine n'était
plus avec nous pour répéter en chœur
l'incantation irrésistible qui force le Dieu
à se montrer : « Viens vite, soleil, beau
soleil, je te donnerai un rayon de miel ! »

Mon amie Domnine était au lit. Un
matin, assis sur le banc de pierre de sa
porte, je vis le médecin descendre et je
l'entendis qui disait :

« C'est fini, la petite ne passera pas
la nuit. »

Je compris alors vaguement qu'il
m'arrivait un grand malheur. Triste et
fiévreux, on me crut malade, et, me
dispensant de l'école, on me confia à Peu-
Parle, un paysan qui faisait aller le
petit bien de la famille, et devait cette
après-midi relever les sarments de notre

vigne de Toutes-Bises. C'était là mon remède ordinaire, et rarement mes maladies avaient résisté à quelques heures de promenade à la vigne en compagnie de cet homme sentencieux et réfléchi qui savait le nom des plantes, la place des astres, reconnaissait les oiseaux à leur chant et me paraissait un peu sorcier.

Le plus souvent je voulais l'aider ; mais cette fois je préférai rester tout seul, assis à l'écart, près de la source.

Le travail fut long : il s'agissait, sans éborgner les jeunes pousses, de descendre les fagots de l'année d'avant, épars entre les souches, jusqu'au bas des allées où broutait l'âne. De temps en temps, Peu-Parle me criait :

« T'ennuies-tu, petit?... Si tu as faim, cueille une figue. »

Mais je n'avais pas faim et ne m'ennuyais pas : le cœur un peu gros, je pensais à Domnine.

« Il faut pourtant achever aujourd'hui, nous nous en irons avec la lune! »

Lorsque Peu-Parle eut achevé, lorsqu'il eut lié la charge de l'âne, il profita d'un reste de jour pour faire un feu de brindilles entre trois pierres et préparer une omelette d'œufs dénichés au poulailler et de fines herbes que nous cueillîmes. Puis on s'installa par terre sous la treille, qui, entre ses ceps tortus pareils à de grands serpents noirs, laissait passer le regard des premières étoiles. La nuit était venue, et Peu-Parle n'avait pas apporté de lanterne, ne croyant pas rester si tard.

Peu-Parle, sans perdre un morceau, raisonnait des choses de la terre, et blâmait mon père sévèrement de conserver deux amandiers poussés au hasard dans sa vigne.

« Le soleil crée le vin, et la vigne ne veut que l'ombre de l'homme!... »

Moi je ne mangeais pas, je ne comprenais guère; à mon chagrin s'ajoutait la mélancolie de ce long dîner dans le noir.

Mais bientôt, dépassant la crête d'une roche, la lune apparut dans son plein, et jeta sous la treille une blanche nappe de lumière où l'ombre des feuilles se découpait. Comme si la terre se fût éveillée, de chaque arbre, de chaque caillou, un bruit s'éleva; les rainettes et les grillons entamèrent leur symphonie, et, avec ses mille voix confuses, le chœur des beaux soirs commença.

Peu-Parle s'était tu. Tout à coup, levant le doigt :

« Chut, écoute ! »

Juste au-dessus de nous vibrait solitaire un chant de cigales, un chant qui était aussi un cri : étrange, comme immatériel.

« Ça, fit Peu-Parle, c'est une cigale qui meurt. »

Et gravement il ajouta :

« Le soleil fait chanter les cigales, mais, avant de mourir, elles chantent une dernière fois au clair de lune, parce que la lune c'est le soleil des morts. »

A cette idée de mort, j'éclatai en sanglots.

« Il faut être fou, un grand garçon, de pleurer pour une cigale ! »

Et, me soulevant dans ses mains rudes :

« Regarde bien, elle doit être là, sous le gros nœud, collée à l'écorce. »

Elle était là, en effet ; je voyais ses ailes transparentes et son corselet brun poudré d'or.

« Tu peux la prendre, elle ne bouge plus. »

Je la tenais entre mes doigts, immobile déjà et si légère ! Je pensais à Domnine. Je disais : « Voilà donc la Mort ? » Et pendant longtemps, consolé, je m'imaginai, ne trouvant plus à cela rien d'effrayant ni rien de bien triste, que l'on devait mourir ainsi, un soir de clair de lune, en chantant, — comme les cigales !

Le Tambour de Roquevaire

« Brigadier...

— C'est-il vous, Picardan ?

— Oui, brigadier. Et même qu'il y a du nouveau.

— Attendez alors, que je mette mes bottes. »

Là-dessus, le brigadier ferma la fenêtre du rez-de-chaussée aux vitres de laquelle le garde Picardan avait cogné, et disparut un instant pour reparaître sur le perron de la caserne, non plus en bonnet

de coton, comme un bon gendarme qui
va se livrer au repos du soir, mais
sanglé d'un baudrier, coiffé d'un tricorne
et prêt à traquer le délinquant, malgré
les ténèbres, d'ailleurs relatives, dont
une nuit d'août transparente couvrait
les collines et les champs autour du
village de Roquevaire.

Ils partirent, marchant côte à côte,
sans parler.

Quand ils eurent dépassé les dernières
maisons, quand Roquevaire ne fut plus
sur le fond bleu du ciel piqué d'innombrables étoiles qu'une masse noire que
dominaient la tour carrée et la cage en
fer travaillée à jour de l'horloge muni-
cipale, dans cette cage onze heures
sonnèrent, notes d'argent dans le grand
silence.

« Ainsi nos gaillards sont au plant de
Font-Sèche ?

— Oui, brigadier.

— Tous les quatre ?

— Comme toujours.

— Suffit !... Faudra voir une bonne fois à tirer leur affaire au clair. »

Puis le silence retomba, interrompu seulement par le pas rythmé du brigadier et le claquement sec du sarment de vigne recourbé en crosse, que Picardan — héritier inconscient des vieux centurions romains — portait comme insigne de ses fonctions.

Après le cimetière, à l'endroit où la route commence à grimper, Picardan dit :

« Chut ! écoutons... »

Un bruit sourd, comparable au roulement d'un tambour voilé, s'entendait de l'autre côté de la hauteur. Le bruit cessa, puis recommença, par intervalles réguliers, de plus en plus distinct, de plus en plus nourri, à mesure que le gendarme et le garde montaient.

Ils avaient maintenant quitté le grand chemin, et coupaient en biais, l'oreille aux aguets, guidés par le son, un plateau inculte dominant la plaine.

« Encore quelques pas, et, de la crête, nous allons les voir.

— Il faudrait trouver, pour se cacher, n'importe quoi : un rocher, un arbre.. »

Mais en fait d'arbres, le plateau n'avait que des lavandes maigres et rares ; des cailloux au lieu de rochers. Il est même étonnant que le mistral, qui souffle dur sur les hauteurs en ce bienheureux pays de Provence, eût laissé là tant de cailloux.

« Attention, fit le garde, voici que la diablerie commence. »

En effet, là-bas, dans les oliviers, quelque chose d'inaccoutumé se passe. Entre les troncs que l'éclat multiplié des constellations baigne d'une vague lueur, quatre hommes : ou plutôt quatre fantômes se suivent à la file indienne. Tout à coup, et comme obéissant à un mot d'ordre, la procession s'arrête. Le premier des fantômes, porteur d'une lanterne sourde, en promène le reflet

de droite à gauche, lentement et circu-
lairement. Le second aussitôt roule de
son tambour. Le troisième, balançant un
ustensile qui paraît être un arrosoir,
fait jaillir vers le sol, dans la clarté de
la lanterne, une pluie de diamants
liquides. Alors le quatrième — celui-ci
armé d'un panier — tombe à genoux...
Et, l'incantation finie, tout rentre dans
le silence et l'ombre, jusqu'à ce qu'un
nouveau roulement, un nouveau jet de
vive lumière viennent trahir sur un
autre point de la plaine la présence de
ces étranges promeneurs.

« Que pensez-vous, brigadier ?

— Qu'il faut se coucher en tirailleurs,
observer et attendre. »

Ils n'attendirent pas longtemps. Presque sous leurs pieds, au bas de l'escar-
pement formé par le bord extrême du
plateau, soudain la lanterne luisit et le
tambour sonna.

« En avant ! cria le brigadier.

— En avant ! » répéta le garde.

Prêts à prendre leur élan, ils se dres-
sèrent. Mais au même moment, derrière
eux, la lune apparaissant par-dessus les
collines, étendit sur tout le plateau sa
blanche nappe de lumière; et deux gi-
gantesques ombres portées, l'une coiffée
d'un simple képi, l'autre d'un tricorne
en bataille, s'allongèrent démesurément
dans la direction de la plaine restée
obscure, comme si les deux représen-
tants de l'autorité, grandis soudain de
plusieurs coudées, se fussent étalés à
plat, face contre terre.

Les fantômes avaient-ils entendu les
voix du gendarme et du garde ? Avaient-
ils aperçu leur double silhouette ?...
Mais en moins de temps qu'il n'en faut
pour le dire, le tambour se tut, la lanterne s'éteignit, et le garde avec le
gendarme, malgré la hâte qu'ils y
mirent, ne purent, arrivés sur les lieux,
que constater de nombreuses traces de
pas autour d'un rond encore humide.

Cette nuit, le brigadier ne dormit
guère, et sa femme en fut effrayée.

Il songeait que depuis deux mois,
chaque samedi, quatre particuliers sus-
pects se livraient nuitamment à d'inex-
plicables sarabandes, et que le moment
était venu, pour l'honneur de la gendarmerie, de mettre bon ordre à tout
cela.

Qui pouvaient bien être ces particuliers ?

Des fantômes ?... Non ! Les gendarmes
ne croient pas aux fantômes.

Des chercheurs de trésors ?... L'hypo-
thèse à première vue parut séduisante
au brigadier. Pourtant l'arrosoir, le
tambour le déconcertaient. On n'arrose
pas les trésors ; on ne cherche pas de
trésors au son du tambour.

Des sorciers, alors ? Mettons des sorciers ! Avec des sorciers, tout s'expli-
quait.

Puis il réfléchit qu'après tout, la
chose pouvait bien se rattacher à la po-

litique. En effet le sentier bordé de murs en pierres sèches par où évidemment, car il n'y avait que celui-là, les rôdeurs avaient pris la fuite, menait droit au *Mas de l'Agasse*. Or, ce Mas de l'Agasse appartenait au sieur Baculas, tueur de tourdres, bon vivant, qui aimait par farce à faire courir les gendarmes et que les gendarmes avaient à l'œil un peu à cause de cela, et aussi, quoiqu'on fût en république, à cause de ses opinions scandaleusement avancées.

Pincer Baculas, quelle joie !

« On verra voir, » se dit le brigadier.

Et, son plan dressé, sa résolution prise, il s'endormit du sommeil des justes.

Le lendemain, beau jour de dimanche, le brigadier, rasé de frais, coquet dans sa petite tenue, avec l'air aimable et l'allure d'un guerrier point méchant qui se promène pour son plaisir, se dirigea, dès que le soleil fut assez haut, du côté du Mas de l'Agasse.

Le toit fumait.

— « Les particuliers y sont ! »

Ce disant, il huma l'air et renifla en chien chasseur qui se sent sur la bonne piste.

Comment douter d'ailleurs ? D'un premier rapide coup d'œil jeté dans l'intérieur du cabanon par la porte laissée grande ouverte, ne venait-il pas d'apercevoir — suspendues au mur en manière de panoplie — les plus probantes des pièces à conviction : un grand panier, un arrosoir, l'œil convexe et rond d'une lanterne, sans compter le tambour qu'une serviette voilait.

Les criminels ne se troublèrent pas, au contraire.

« Tiens, le brigadier ?

— Bonjour, brigadier !

— Brigadier, entrez, si un coup de vin frais ne vous fait pas peur. »

Le brigadier entra, décidé à observer les hommes et les choses.

Sauf la lanterne et le tambour — car

la présence de l'arrosoir et du panier
n'avait en somme rien d'extraordinaire
— un cabanon comme les autres ; une
de ces cigalières sans ombre où les
bons Provençaux, restés musulmans par
plus d'un coin, passent leurs dimanches
délicieusement à se réjouir entre amis,
face à face avec la nature et surtout
loin de leurs épouses. Sur les murs
blanchis à la chaux et décorés d'usten-
siles de cuisine, se lisaient des inscrip-
tions joyeuses : « *Buvons ! — Chantons !
— Égayons-nous !* » Des listes de con-
vives, au crayon, avec une croix à côté
du nom des morts, rappelaient la date
et le souvenir des déjeuners marquants
dont le cabanon fut le théâtre. Au milieu de la cheminée, une pendule peinte
en trompe-l'œil, sans aiguilles, s'enguirlandait de la philosophique devise :
« *Ici le cadran n'a pas d'heures.* »

Sous la surveillance de trois hommes
attentifs à entretenir les braises, trois
casseroles glougloutaient. Lé quatrième,

Baculas lui-même, bras nus, le front emperlé de sueur, broyait l'aïoli sacré dans un coin.

Tout à coup, d'un geste d'Hercule déposant sa massue, il planta le pilon de bois au centre de l'odorante et tremblotante pommade, et comme le pilon tint debout :

« Tous à table, l'aïoli est pris. »

Puis, se retournant, et comme redescendu aux choses terrestres :

« Tiens! c'est vous, brigadier... Vous ne refuserez pas de goûter notre aïoli? »

Le brigadier accepta sans trop se faire prier, bien que sa délicatesse s'offusquât de partager le pain et le sel avec des escogriffes qu'il espérait bien appréhender au collet avant peu.

« Et la morue? disait Baculas. — La morue est prête. — Fait-elle la pierre à fusil? — Elle fait la pierre à fusil. — Bon! Et les haricots verts? Les pommes de terre? — Les haricots verts, les pommes de terre sont à point. — Et

les cacalauses? (cacalause est le nom
qu'ont les escargots en langue d'oc). —
Flairez plutôt, elles embaument. —
Alors il n'y a plus qu'à manger. »

Tous prirent place; et Baculas, avant
de s'asseoir, prononça en guise de béné-
dicité la phrase classique :

« Souvenons-nous, braves gens, que
les anciens Romains faisaient nicher les
escargots et mangeaient l'aïoli trois fois
par semaine, ce qui ne les empêcha pas
d'être des conquérants distingués, et de
mourir vieux à l'occasion. »

Le brigadier pensait à part soi : Je
crois, nom d'un cheval, qu'on se fiche
de la gendarmerie !

« Voyons, brigadier, qu'avez-vous ?
Quelque chose vous préoccupe. Vous
mangez, un œil sur l'assiette, l'autre sur
la lanterne et le tambour; et pas plus
tard qu'hier soir, du haut du plateau
de Font-Sèche, avec ce brigand de Picardan, vous nous espionniez... Ne niez

pas. On vous a vus : votre tricorne cachait la lune.

— Croyez, messieurs...

— Ah! vous avez voulu savoir nos secrets, vous avez voulu pénétrer nos mystères? Eh bien, vous saurez, vous pénétrerez... Camarades, qu'on ferme la porte!... Et quand tout vous sera révélé, jurez, brigadier, que vous ne nous trahirez point. »

Le brigadier était seul, il n'avait pas son sabre, il jura.

« Apprenez donc, brigadier, commença Baculas d'une voix tonnante, que pareillement aux Romains leurs aïeux, les fils de la Provence furent toujours friands d'escargots. A Roquevaire surtout! car nulle part on n'estime l'escargot autant qu'à Roquevaire.

« Malheureusement, l'escargot est un gibier capricieux, qui choisit ses heures. L'escargot ne montre ses cornes qu'en temps de pluie... Quelle misère lorsqu'il ne pleut pas!

« L'hiver, passe encore ! Avec du temps et de la patience, on finit toujours par en dénicher quelques douzaines dans les trous de mur où ils sont endormis.

« Mais l'été — à moins d'une ondée providentielle qui vienne une fois par hasard rafraîchir le toit en tuiles rouges du cabanon et ses arbustes poussiéreux sur lesquels les cigales crient comme si elles étaient en train de frire à la chaleur — l'été, avec un terrain sec et dur qu'un coup de mine n'entamerait pas, nul moyen de se procurer les intéressants gastéropodes... Là, brigadier, que feriez-vous ? »

Interloqué, le brigadier oublia de répondre, se demandant où son interlocuteur voulait en venir.

« Et pourtant, continuait Baculas, le moyen existe, grâce auquel on peut persuader aux escargots enfouis sous terre de venir se promener à la surface du sol. Mais pour le trouver, ce moyen, il fallait toute l'ingéniosité native des Provençaux en général et des Roquevairois en particulier... Inutile de chercher à deviner, brigadier, puisque vous n'êtes pas de Roquevaire.

« Voici d'ailleurs succinctement la manière dont s'organisent, entre Roquevairois initiés, ces petites expéditions nocturnes.

« On part quatre, à la queue leu leu, d'un pas uniforme, comme hier vous avez pu nous voir faire; et, l'un dissimulant une lanterne sourde, le second portant un tambour, le troisième un arrosoir et le quatrième un panier de taille, on va se perdre sous les oliviers. Aux endroits propices, l'homme à la lanterne démasque sa lanterne, et, d'un coup de poignet rapide, en promène vivement la lueur sur le sol; l'homme au tambour exécute un sourd roulement, l'homme à l'arrosoir arrose en mesure. Trompé par ce simulacre d'éclair suivi de tonnerre et de pluie, le naïf escargot

sort de ses retraites. Il est alors délica
tement cueilli par le quatrième compère
qui le jette dans son panier.

— Drôle de chasse! fit le brigadier
vexé au fond sans vouloir le laisser pa·
raître.

— Chasse amusante, reprit Baculas
implacable, et qui ne nécessite pas de
permis. »

L'histoire est-elle vraie ? Pourquoi
non !... Je me suis borné à la transcrire
telle qu'elle me fut racontée par le
grand Mimile, un Marseillais pur sang
qui n'a pas son pareil pour déchiffrer
les devinettes. En tout cas, une chose
que je puis affirmer, c'est que, dans
toute la Provence, alors qu'il éclaire et
qu'il tonne, les bonnes gens, après
s'être signés ou non, ne manquent
jamais d'ajouter en regardant l'averse
crever les nuages :

« *Voilà le tambour de Roquevaire qui
bat le rappel des escargots.* »

Le Renard aveugle

Je ne reconnaissais pas mon pays, ou
plutôt c'est lui qui ne me reconnaissait
pas, car bien que — plein d'une proven-
çale assurance — j'eusse fait mon entrée
dans la ville en petit paletot mince et
clair, le ciel restait triste obstinément,
voilé par les brumes qui tout le jour
montaient du Rhône.

On ne voyait plus le Ventour; et
c'est à peine si, quelques minutes durant, à l'approche du soir, un rayon

illuminait les tours jumelles du fort Saint-André et les créneaux sarrasins du palais des Papes.

Enfin, lasse de tirer avec des gants gris-perle les verrous des portes de l'Orient, l'aurore, ce matin, a laissé voir ses doigts de rose. Ce matin, un coup de lumière fracasse mes vitres et envahit la chambre d'auberge où, dans mon désespoir, je m'étais réfugié à quelques kilomètres de la ville.

Plus de ces sifflets de train en marche qui m'arrivaient lointains et monotones, annonçant, sans espoir possible, la continuation du temps noir. Au contraire, dès le saut du lit, je suis accueilli par un joyeux cliquetis de bastonnade, comme si là, devant ma porte, Polichinelle rossait de sa trique formidable un guet composé d'archers en bois.

Je sors : c'est le mistral, le *mange-fange* qui rend les chemins plus durs que le marbre et le ciel plus clair qu'un miroir! Pour la première fois depuis

mon arrivée, je suis obligé de cligner
de l'œil devant l'éclat des rochers blancs,
de la route blanche, du Rhône frisé en
mille vagues où s'éparpille le soleil, et
de l'horizon de montagnes dont une
argentine vapeur doucement teintée de
violet ennoblit encore les lignes clas-
siques.

Au premier plan, au haut d'un poteau,
sur le bleu satiné du ciel, un moulin à
vent minuscule tourne, actionné furieu-
sement par le vent divin, le *Circius*
irrésistible que les Romains ont adoré;
et ce moulin, à chaque tour de ses
palettes, heurte, butte, choque et re-
pousse la longue lance d'un Don Quichotte monté sur ressorts, grave et naïve
marionnette à qui ces atouts précipités
donnent les gestes et l'allure d'un che-
valier livrant bataille.

« Cet homme armé, m'a dit l'aubergiste, est le meilleur des baromètres;
quand il se met à faire tapage, on n'a
plus à craindre le mauvais temps. »

Et, sur la foi du Don Quichotte qui continue à s'escrimer de plus belle, tandis que le moulin à vent, piqué d'honneur, tourne plus fort, nous partons pour la ferme de *Côte-d'Ane* où il s'agit, par suite d'un pari gastronomique, de manger, en l'arrosant d'un introuvable vin de vignes mortes, une brochette de *grassets* véritables, et de bien me prouver que les oisillons à gros bec dont je me suis sottement régalé hier, dans un hôtel aux environs du Pont du Gard, étaient non des grassets, mais de vulgaires *pétardiers*.

Un étroit sentier, circulant, parmi des bouquets de chênes nains, sur le pan coupé de la montagne, conduit à la ferme de Côte-d'Ane. Nous entendons le mistral souffler, et nous le voyons — car on le voit réellement — nous le voyons là-bas, dans la plaine, argenter les champs d'oliviers au passage de ses rafales, et, le long de la grand'route sans poussière, tourmenter le manteau des voyageurs grelottants. Ici, à l’abri, sous le cagnard, des rayons chauds comme en été, et pas un souffle! L’aubergiste l’avait promis :

« En prenant par le raccourci, vous pourriez marcher, sans l’éteindre, avec une chandelle allumée... »

Nous n’avons pas de chandelle pour tenter l’expérience ; mais si nous en avions une, en dépit des enragés tourbillons qui ronflent sous nos pieds et au-dessus de nos têtes, il est certain qu’elle ne s’éteindrait pas.

Voici bien, en effet, le grasset véritable! Moins fin peut-être que l’alpin, il descend comme lui en plaine quand la neige le chasse des hauteurs, et comme lui on le fait cuire dans l’intérieur d’une énorme truffe — autant de truffes que de grassets! — soigneusement bardée de lard et creusée d’un seul bloc, ainsi que le sarcophage d’un roi ninivite.

Après le déjeuner, nous sommes des-
cendus nous chauffer à la cuisine, car
avec ce mistral qui teint le ciel du plus
vif azur, on cuit au soleil, mais on gèle
à l'ombre.

Dans le coin de la cheminée, un
solide gaillard, le garçon de ferme,
geignait, emmitouflé, écoutant le feu,
tandis que, devant lui, sur un des grands
landiers évasés en porte-écuelle, un bol
de tisane fumait.

« Eh bien, Bartoumiou, lui dit le
maître, ça va-t-il un peu mieux que
l'autre jour?

— Pas encore trop fort!... Que voulez-vous; après une émotion pareille!

— Allons, tant mieux! Ça t'appren-
dra à me prendre mon fusil pour tirer
les lapins en cachette. »

Le début m'intéressait : il y avait là
une aventure! Désireux de connaître la
suite, je me gardai bien de souffler mot.
Les gens d'ici sont surtout ennemis du

silence, et l'on n'a qu'à se taire pour
les obliger de parler.

Le maître, en riant, continuait déjà :

« Quelle peur, mon pauvre Bartoumiou, quelle belle peur et quelle
course!... Ah! monsieur, il fallait le
voir dégringoler le raidillon, sans cha-
peau, le fusil en l'air, avec les cailloux
qui roulaient et les clous de ses souliers
qui faisaient feu dans les cailloux.

— Le diable, maître, j'ai rencontré le
diable!...

— Tu as rencontré le diable, Bartoumiou?

— Oui, là-haut, près du grand rocher,
à l'endroit où il y a des genêts d'Es-
pagne.

— Et comment est-il?

— Épouvantable : il ressemble à un
vieux chien roux!... Oui, riez, riez, sou-
pirait Bartoumiou, mais il n'y a pas là
tant de quoi rire; et vous n'en auriez
pas mené plus large que moi, si, à ma
place, attendant un lapin au petit jour,

vous aviez vu venir lentement sous le
fourré cette grosse bête hérissée et
maigre, avec des oreilles pointues, qui
trébuchait à chaque pas, et se heurtait
tout en marchant contre les rochers et
les troncs d'arbre. Je mets en joue
malgré ma frayeur, je mire, je tire, je
manque... et voilà la bête qui, au lieu
de s'enfuir, s'assied sur son train de
derrière, puis, faisant tinter un grelot,
se frotte et refrotte le nez comme pour
me faire la nique.

— Et tu as couru, Bartoumiou?

— Si j'ai couru! Un gendarme aurait
couru, et vous auriez couru vous-
même...

— Ce qui n'empêche pas que nous
l'avons pris et mis en laisse, le diable
qui t'avait tant fait peur... Allons,
montre-toi, Sans-Malice. »

A cet appel, accompagné d'un coup
de pied, un animal remua que j'entre-
voyais vaguement aux lueurs dansantes
de la flamme. C'était un renard... Pris

au piège par des paysans que ses rapines
exaspéraient, on lui avait crevé les yeux
et puis on l'avait lâché à travers champs,
aveugle, avec un grelot au cou, pour
que l'horreur de son supplice servît
d'exemple aux autres renards.

Errant et lamentable, mourant de faim
et d'abandon, après sa rencontre avec
Bartoumiou, les gens de la ferme le
recueillirent. Il se trouvait bien à la
ferme, il engraissait, le poil redevenait
luisant, parfois même, poussé par l'in-
stinct, il se dirigeait à tâtons vers le coin
de la cour où loge la volaille.

« Tenez, regardez, il y va ! »

En effet, à un chant de coq, Sans-
Malice s'était dressé, museau tendu,
l'oreille en pointe ; il alla d'abord du
côté de la porte, mais il se cogna contre
un meuble ; et alors, assis sur son train
de derrière comme Bartoumiou l'avait
vu, hésitant, ne comprenant pas, essayant
encore, essayant toujours de chasser le
nuage rouge qui lui fait une nuit éter-

nelle, lentement et obstinément, avec
un geste maladroit d'une tristesse presque
humaine, il passait et repassait sa patte
gauche devant ses yeux ensanglantés.

Un Homme heureux

Notre voisin, un bon voisin, ce qui
devient rare ! s'appelait Mïus de la
Celeste, les gens ayant la coutume chez
nous de donner à l'homme le nom de
sa compagne quand celle-ci est maîtresse-
femme et se distingue en bien ou en
mal par quelque chose de peu ordinaire.
Hélas ! depuis longtemps la Celeste
dormait le long de l'église, et le vieux
Mïus, malgré son grand âge, persistait

à vivre seul dans un bien qu'il possédait au quartier des Hubacs, loin de la
ville.

Pas très gai, le quartier des Hubacs :
supportable à peine au printemps, avec
ses rangées d'amandiers fleuris et blancs
au milieu des blés qui verdoient, mais
déplorablement désolé quand, une fois
les récoltes enlevées, il ne reste plus
entre les chaumes, sous les amandiers
recroquevillés, que la terre sèche et
poudreuse où luisent des fragments de
silex noir.

La bastide du vieux Mïus n'en paraissait que plus galante par contraste ; et
l'on aurait dit que toute l'humide fraî-
cheur de ce maussade revers de montagne s'était écoulée, ramassée au creux
de son vallon. Un modeste vallon,
d'ailleurs : d'abord simple déchirure
de marne bleue, *lavine* bientôt élargie
et devenue propre aux cultures, mais
tout de suite coupée en travers par le
lit pierreux d'un torrent. Seulement,

de la *lavine* au torrent, tenait, en
tout petit et comme résumé, un véritable domaine. Là-haut, ressource pré
cieuse pour le chauffage et les fumiers,
un bosquet de chênes jetait son ombre ;
au-dessous, le coteau produisait, bon
an mal an, trois ou quatre airées ; quelques pieds d'oliviers, un peu de vigne ;
et, dans le fond, la bande verte d'un
excellent pré.

Le tout acquis autrefois très bon
marché, « pour un morceau de pain »,
disait le vieux Mïus qui, sur le conseil
d'un avocat, son camarade de chasse,
avait enlevé les Hubacs aux enchères et
sans concurrence, en 1851, immédiate-
ment après l'essai de résistance au coup
d'État, alors que les prisons étaient
pleines et que les gens traqués songeaient
à autre chose qu'à s'arrondir.

Ajoutons que les Hubacs dataient de
la Restauration. Un enfant du pays,
parti simple soldat et revenu des champs
de bataille de l'Empire avec les épau-

lettes de gros-major, s'était plu à em-
bellir cette seigneurie en miniature
d'après un idéal et des souvenirs sans
doute rapportés d'Italie. Il en avait fait
une villa comme on en voit autour de
Gênes. De là, sur les murs, ces noms
de victoires et de pays lointains, enca-
drant des fresques effacées ; de là ce
balcon en terrasse dont les six piliers de
grès rouge portaient les sarments tordus
d'une treille, et ce jardin planté de
rosiers embroussaillés au milieu d'une
enceinte de cyprès, de lauriers et de
grenadiers. Je n'affirmerais pas que le
vieux Mïus y fût sensible, mais, dans
leur abandon paysan, les Hubacs, il y a
quelques années, conservaient encore je
ne sais quoi de poétiquement virgi-
lien.

J'étais à notre bastidon de la Cigalière,
une après-midi du mois d'août, lorsque,
à travers le vacarme infernal que faisaient les cigales, il me sembla que
quelqu'un m'appelait.

« C'est le vieux Mïus qui vous *crie*, affirma un journalier; je l'avais laissé tout à l'heure en train de déchausser les racines d'un peuplier qu'il voulait abattre, pourvu qu'il ne lui soit pas arrivé malheur!... »

Et, tandis qu'avec une sage lenteur le journalier passait sa veste, je partis en courant vers les Hubacs, par le sentier pendant, bordé de gazon grillé, d'où s'élevaient des sauterelles en vols si drus qu'elles me cinglaient le visage comme une mitraillade de balles.

Le vieux Mïus n'avait aucun mal. Tout joyeux et ragaillardi, il arrivait à ma rencontre.

« Ne courez pas si fort, rien ne presse; la source, Dieu merci! n'est pas près de tarir.

— Vous avez donc trouvé la source ?

— Tout à l'heure, par un miracle. Ah! je savais bien qu'elle y était, et que le Gros-Major n'avait pas construit pour rien ce grand réservoir que les maigres larmes de ma fontaine ne rempliraient pas en un an... L'avais-je assez cherchée, un peu partout, la source perdue ? et s'était-on assez gaussé de moi quand je faisais tourner la baguette !... Je la tiens maintenant, regardez plutôt. »

Il me montrait, en effet, à côté d'un peuplier renversé, racines en l'air, un trou profond d'où sortait une eau bouillonnante.

« Ça ferait tourner un moulin !... Mais vous figurez-vous ma surprise quand, le peuplier tombant, j'ai vu entre deux grosses pierres, à la place où étaient les racines, tant de belle eau claire jaillir. »

Des larmes plein ses yeux plissés, avec cette adoration de l'eau que nos paysans du Midi semblent avoir héritée des Maures, il s'agenouillait et puisait à la source dans le creux de ses mains dures et rouges, d'où s'écoulaient des fils d'argent comme d'une poterie fêlée.

« Goûtez, pour voir comme elle est douce ! »

Puis, tout à coup, une idée lui vint :

« Et *Petit-Poucet*, et *Samson*, et *Chut* qui n'en savent rien ! »

Le vieux Mïus siffla d'une certaine façon. Aussitôt un âne, un chien, un canard, tous les trois paraissant très vieux, tous les trois marchant à la file, arrivèrent du bout du pré.

« Vont-ils s'en donner, les gaillards !... Tenez : Petit-Poucet qui barbote déjà, et Samson qui se met à braire. Chut ne dit rien, selon son habitude, mais il est content, il remue la queue ; il sait que l'eau fait l'herbe, que l'herbe fait le mouton, et que le mouton fait les côtelettes... Maintenant, pour fêter ma chance, il s'agirait de déboucher une bouteille de vin gris. »

Bon vin, ce vin gris, fabriqué par le vieux Mïus avec les raisins grecs de sa treille ; bon vin, certes, et meilleur encore quand on le boit ainsi en plein air, sur un banc de pierre, à la porte même d'une cave creusée dans la pente du sol.

Le canard nous avait suivis.

« Il ne me quitte jamais d'un pas, racontait le vieux Mïus en lui jetant du pain ; quand je pars des Hubacs, il m'accompagne amicalement jusque là-haut à ma limite. Sans jamais s'écarter plus loin, par exemple ! car il connaît son cadastre comme un arpenteur... Et dire que j'ai voulu le vendre ! Oui, un jour, histoire de rendre service, je le cédai à l'aubergiste du Soleil-d'Or, qui en avait besoin pour un repas de noces... Savez-vous ce que fit le canard ? c'est depuis, que je l'ai surnommé Petit-Poucet ; eh bien, le canard s'échappa et revint tout seul jusqu'ici. Trois kilomètres de chemin que certainement il ne connaissait pas, puisqu'on l'avait emporté à la ville dans un panier... J'étais à l'affût ce soir-là ; je le voyais, pécaïre ! descendre le sentier, clopin

clopant, sous le clair de lune, comme
quelqu'un qui sait où il va, et je faillis,
ma foi! le tuer, le prenant au moins
pour une outarde. »

A ce moment l'ombre portée de deux
oreilles se profila sur le mur blanc.

« Allons, bon! voici les deux autres :
Samson et son inséparable. Chut ne le
quitte jamais; et, dame! on s'aimerait à
moins, Samson lui ayant sauvé la vie.
Un jour j'étais allé au Communal avec
l'âne et suivi du chien pour rapporter
un faix de litière. Tout affectionné à
couper mes buis, j'entends soudain dans
un creux des aboiements épouvantables.
Il faisait petit jour, heure où les blai-
reaux rentrent au terrier, et le chien
venait d'en surprendre un qui était de
taille. Se roulant en boule, le blaireau
avait fini par saisir le chien à la gorge;
or, le blaireau a la dent cruelle et ne
lâche plus quand il tient. Que faire?
J'avais bien mon fusil, pris avec l'espoir
de rencontrer un lièvre, mais je n'y

voyais pas très clair et, en tirant, je
risquais de tuer Chut... Qui ne vous a
pas dit que l'âne eût plus de courage
que moi? Pendant que je perdais mon
temps à calculer, lui, à force de se
secouer, venait à bout d'arracher sa
longe; il arrivait droit sur le blaireau,
lui cassait net l'échine d'un coup de
mâchoire, et puis l'achevait, piétinant et
montrant les dents comme s'il avait eu
envie de rire... Depuis cette affaire,
Chut est grand ami de Samson, et
Samson n'a pas de plus grand bonheur
que lorsque je lui permets de coucher
près de Chut, sur la paille de l'écurie. »

Samson et Chut écoutaient, ayant
l'air de certifier l'histoire, tandis que le
canard, se dodelinant entre nos jambes,
poussait de petits coin-coin approbatifs.

« Que voulez-vous, conclut le vieux
Mïus, tous les gens de mon temps sont
morts, il n'y a plus que mes bêtes qui
m'aiment... »

Nous bûmes un dernier coup là-dessus,

à la santé de la source. Le soleil venait de disparaître derrière la montagne, brusquement. Vers les lointains assombris commençait le chœur vespéral des rainettes. Il n'était que temps de partir. Le vieux Mïus m'accompagna, suivi de son canard, jusqu'à la limite du champ.

Et, songeant aux tracas sans but que nous crée la vie parisienne, seul sur le chemin, dans la mélancolie de la nuit tombante, je me pris à envier cet homme heureux.

Mon Ami Naz

Or, voici par suite de quelle aventure mon ami Naz fut voué au vert :

Blasé sur les joies du collège, fatigué de fumer toujours des feuilles sèches de noyer dans des pipes en roseau, et d'élever des serpents avec des cochons d'Inde au fond d'un pupitre, mon ami Naz résolut un jour de s'offrir des émotions plus viriles.

Et, le képi sur l'œil, le cœur battant

à faire éclater sa tunique, il entra, mon ami Naz, au cabaret de la mère Nanon.

Tous les collégiens un peu avancés en âge le connaissaient, ce cabaret : une porte basse sur la rue, un petit escalier à descendre, un corridor à suivre, et l'on se trouvait dans la *salle!* avec son plafond à solives, sa fenêtre qui regarde la Durance, et la bataille d'Isly accrochée au mur.

O joie, ô paresse!... Le collège à deux pas (parfois même nous en entendions la cloche) et du soleil plein la fenêtre, et la grande voix de la Durance qui montait.

« Une topette de sirop, mère Nanon !

— De sirop, petits?... Est-ce de gomme ou de capillaire?

— De capillaire, mère Nanon. »

Et la mère Nanon apportait une topette de capillaire. De la pointe d'un couteau, elle enlevait — clac! — le petit bouchon, puis renversait sa topette, le col en bas, dans le goulot d'une ca-

rafe pleine de belle eau claire. Le sirop
s'écoulait peu à peu, avec un joli bruit,
comme le sable d'un sablier. L'eau claire,
le sirop s'y mêlant, se troublait de petits
nuages couleur d'opale et d'agate, et de
grosses guêpes attirées montaient et des-
cendaient le long du verre, curieuse-
ment.

Mon ami Naz, qui était en fonds ce
jour-là, but à lui tout seul huit ou dix
carafes. Puis, la tête échauffée, il se mit
au billard, à *faire la partie.*

Je le vois encore ce billard : un so-
lennel billard à blouses, du temps de
Louis le quatorzième, décoré de grosses
têtes de lion à ses quatre coins, têtes de
lion qui ouvraient avec fracas leur gueule
en cuivre, chaque fois qu'au hasard de
la partie une bille tombait dedans. Les
billes, d'ailleurs, étaient en buis, les
queues sans procédé, et les bandes,
antérieures, paraît-il, à l'invention du
caoutchouc, semblaient rembourrées de
lisière. Quant au tapis, qui en décrirait

les reprises sans nombre et les macüla-
tures?

Mon ami Naz, ce jour-là, gagnait tout
ce qu’il voulait.

Pourquoi ne s’arrêta-t-il pas à temps?
Et d’où vient cet amer plaisir que trouve
l’homme à tenter la destinée?

Naz gagnait tout : partie, revanche
et belle. Il n’avait qu’à s’en aller, il
resta. Il n’avait, le dernier coup fait,
qu’à poser la queue glorieusement. Il
préféra, le dernier coup fait et marqué,
garder la queue en main pour *continuer
sa série.*

Et il la continua, le malheureux! Il
fit un, deux, trois carambolages; il en
fit cinq, il en fit six; il en fit huit, il
en fit dix! Et les billes allaient, venaient,
s’effleuraient et tourbillonnaient, puis
s’entre-choquaient doucement, comme
attirées par un aimant invisible! Et les
carambolages roulaient, et les specta-
teurs applaudissaient, et la vieille Nanon
elle-même, remuant des sous dans la

poche de son tablier, admirait et faisait galerie !

Tout d'un coup — c'était un effet de recul ! — la queue, lancée d'une main nerveuse, glisse sur la bille et la manque ; le tapis craque, le tapis se fend triangulairement, et la queue presque tout entière s'engouffre et disparaît dans un abîme de drap vert !

Le tonnerre en personne serait tombé dans la salle, que le saisissement n'eût pas été plus grand. Chacun s'entre-regarda. Naz, le malheureux Naz, resta debout, comme stupéfait, le corps en avant et la bouche ouverte.

« Son père ! s'écria la vieille Nanon, qu'on aille chercher monsieur son père ! »

Le père de Naz arriva.

On s'attendait à une explosion de colère. Il se montra glacial et digne :

« Combien ce tapis ?

— Soixante francs, mon bon monsieur, pas moins de soixante francs.

— Voici soixante francs!... et qu'on
me donne le vieux drap. »

Puis, les bandes déboulonnées et le
tapis décloué :

« Emporte-moi ça, » dit le père en re-
mettant à Naz le tapis roulé.

Que comptait-il faire ?

Le surlendemain, tout fut expliqué
quand nous vîmes entrer le malheureux
Naz vêtu de vert de la tête aux pieds :
habit vert, gilet vert, pantalon vert, cas-
quette verte, et non pas vert-pomme ou
vert-bouteille, mais de ce vert cruel et
particulièrement détestable qu'on choisit
pour les tapis de billard. Sur l'épaule
droite, nous reconnûmes tous une grande
tache faite par la lampe à schiste, et sur
l'épaule gauche une petite meurtrissure
bleue imprimée dans le drap par un
massé trop brutal.

A partir de ce jour, mon ami Naz
passa une jeunesse mélancolique.

Six ans durant, son père fut inflexible ;
six ans durant, des habillements com-

plets de couleur verte sortirent pour le malheureux Naz de cet inépuisable tapis.

Ses camarades le raillèrent.

Les gens de la ville s'habituèrent à rire de lui.

Et le malheureux Naz souffrit beaucoup de toutes ces choses, étant né avec un cœur aimant.

On le surnomma le lézard vert.

Sa figure, à force d'ennui, devint peu à peu verte comme le reste. Il se mit à boire de l'absinthe!

Enfin, à l'âge de vingt ans, long, maigre, et toujours habillé de vert, mon pauvre ami Naz, ayant pris l'humanité en haine, s'embarqua vert et seul pour les Grandes-Indes, le paradis des perroquets!

TABLE

Impr. A. LEMERRE, 6, rue des Bergers, Paris.